우리는 남남이 되자고 포옹을 했다

시작시인선 0337 우리는 남남이 되자고 포옹을 했다

1판 1쇄 펴낸날 2020년 6월 30일
지은이 김네잎
펴낸이 이재무
책임편집 차성환
편집디자인 민성돈, 장덕진
펴낸곳 (주)천년의시작
등록번호 제301−2012−033호
등록일자 2006년 1월 10일
주소 (03132) 서울시 종로구 삼일대로32길 36 운현신화타워 502호
전화 02−723−8668
팩스 02−723−8630
홈페이지 www.poempoem.com
이메일 poemsijak@hanmail.net

ⓒ 김네잎, 2020, printed in Seoul, Korea

ISBN 978−89−6021−499−6 04810
      978−89−6021−069−1 04810(세트)

값 10,000원

*이 책은 2020년 인천문화재단 예술표현활동에 선정되어 제작되었습니다.

우리는 남남이 되자고 포옹을 했다

김네잎

천년의시작

이것은 김네잎으로서의 첫 발화

모든 가능성이다

차 례

시인의 말

제1부 나를 어디에 앉혀야 할지 쩔쩔맬 때

백색왜성

나는 자궁 안에 유폐된 태아,
내가 내 발목을 잡고
맴돌고 있는 고요라고나 할까

배꼽은 입이 된 적 있다
문 좀 열어주세요 말하고 싶은데
입술을 가져본 적 없다

태초에 울어야 할 울음이 발설된 후에
생각이 늘 바닥난다

체온을 끈 채 오래 잠이 들었다
심장이 불러주는 자장가는
너무 치명적인 반복

나는 흘러내리는 나를
따라가지 못한 그림자이거나
깨끗하게 아물지 못한 어제이기도 하다

그녀는 나를 낳지 않는다
최초의 자세로
하얗게 묵음으로, 우두커니

복서

몸과 몸은 간극이 필요하다
잠시 부둥켜안는 건
서로의 가장 깊은 호흡을 가늠해 보는 겨를
공격과 방어의 격돌에는 공시성을 갖는다
링의 로프를 등지고
이곳은 난간과 난간이 만나는 지점
은신처가 될 수 없는 벼랑
쏟아지는 잽, 잽, 잽
달아나는 스텝, 스텝, 스텝
주먹을 펴도 주먹인데 코치는
날린 주먹을 되돌아오게 하려면 손의 힘을 빼라고 한다
울지 못해서 멈추지 않았다
멈추지 못해서 주먹을 쥐고 달아났다
달아나는 반경까지 왜 하필 점점 좁아졌던 걸까
사각死角 밖으로 벗어나 본 적 없다는 말을 너무 빨리 이
해한다
3분만 반복해서 버티면 된다
부러지지 않게 파열되지 않게
정면이 계속 나를 고집하니
훅, 치고 빠지면서 살짝 틈을 보여 준다

틈을 안고 자라난 것들은

대개 굳은살이 박여서

허기의 무게를 견디는 법을 잘 안다

어퍼컷, 나비처럼 날아서

벌처럼 쏘려던* 계획이 전부 빗나간다

턱을 못 넘고 언제나 턱 앞에서 고꾸라졌으니

잠깐의 클린치는

서로의 가장 거친 호흡을 가늠하는 순간이다

피범벅이 된 마우스피스가 굴러간다

나를 위해 던져질 수건조차 없으니

쓰러진 채 씩, 웃는다

* 1964년 2월 25일, '무하마드 알리'가 세계 챔피언 경기 시작 전 기자
회견에서 상대 선수인 '리스턴'에게 '나비처럼 날아서 벌처럼 쏘겠다'
고 말했다.

마리오네트

반경을 벗어난 적 없다 반경을 가졌다는 건
상상을 확보하는 일

줄의 기울기와 당김에 따라 내가 이야기가 되고 춤이 된다
당신은 나를 조종하고 나는 타협한다
당신은 목소리를 주고 나는 주인공인 척한다

그러나 지루해지는 외부자들
사용법을 잊어버린 어른들
흘러와 발끝에서 부서지는 비난들

그래도 하나뿐인 표정은 편리하다
박수와 동정을 구걸하지 않아도 되니까
생각을 품을 필요 없으니까
쓰러지는 순간 죽음처럼 고요해질 수 있으니까

테헤란로 저, 불 꺼지지 않는 사무실엔
마리오네트가 많다
공손의 각도와 굽신의 양상에 따라
곧, 무대에 오르거나 망각될 잉여들

정해진 플롯 속에서 각자의 역할을 수행한다
비상구를 열었는데 비상구가 없는
창문을 열었는데 누군가가 밀고 있는 구조
넥타이를 매는 순간 인형극은 시작되고
넥타이를 푸는 순간 캐릭터는 사라진다

보이지 않는 끈이 더 교묘해서
실족하고 싶어도 스스로 줄을 끊을 수 없다
허공을 내내 걷고 뛴다
그러나 그 어떤 족적도 남지 않는다

허공을 사랑한 적 없다 허공을 가졌다는 건
진행 중인 추락을 확인하는 일이다

괄호

((((((괄호를 치며 걷는다 나의 사랑스런 감옥

그날, 새로 생긴 가족들 앞에서 엄마가 나를 어디에 앉혀야 할지 쩔쩔맬 때, 이상하게 발이 부끄러웠다 불필요하게 누군가를 닮아있구나

괄호는 도착하는 법을 잊어버린 지 오래

닫히지 않고 왼쪽으로만 자꾸 늘어나서 되돌아갈 수 없다 나는 걸어서 나이를 먹는다 한 살 두 살 스무 살

뒤쪽엔 기분이 너무나 많다

오늘 죄다 쏟아낼 것 같은 기분, 누구랑 할까

숨을 쉬면 협상이 번식한다 도착지에서 무럭무럭 자라는 비밀, 원조와 원조 사이 당신들은 서있고 목소리는 누워있다

괄호가 닫히기 전에

누군가 오래된 직립을 쓰러트리면 나는 기쁠까 슬플까

득실거리는 눈, 눈, 눈, ……, ……)

텀블링tumbling

나는 우아하게 착지하려고 했어

맨손으로 공중을 짚을 때
오늘은 얼마나 높이 도약해야 다다를 수 있는 고도인지
얼마큼 무릎을 접어야 더 오래 떨어질 수 있는 밑바닥인지

곳곳에 당신의 편린들이 있어서 의심하지 않았어

당신이 은밀한 손으로 등을 받쳐줄 때
은밀하지 않은 목소리로 충고할 때
등에 통각이 돋아나는 느낌

공중회전에서 당신은 한 바퀴를 원했고
나는 두 바퀴를 고집했지

당신은 자꾸 날아가는 새를 만지려고 했어
언제나 내 몸을 반경 속으로 집어넣으려고만 했지

그럴 때마다 새의 젖은 울음소리가 빠져나오곤 했는데
흩어지지 않으려면 도대체 몇 호흡을 멈춰야 할까

완벽하게 착지하려면 얼마나 더 여백을 견뎌야 할까

발에도 슬픈 목이 존재하는 줄 모르고

뫼비우스 증후군(Möbius syndrome)*

어떤 기분도 파동을 만들어낼 수 없다
감각을 증폭시키려는 시도는 매번 헛수고
모든 감정이 와해된 얼굴에
불가피하게 남은 무표정
너라면 미세하게 떨리는 살갗의 감촉만으로
슬픔의 징후를 감지할 수 있을 거다
보이지 않는 웃음을 만질 수 있을 거다
예측 불가능은 고립을 가져온다
고립 뒤에는 들키고 싶은 무수한 순간들

누가 변할 수 없는 안색을 건넨 걸까

변화에 염증을 느낀 달이 뒷면을 보여 준다
끝까지 몰라도 되는 건 몰라도 되는데
어쩌면 이것은 역설의 방식
안쪽과 바깥이 형식과 내용을 구현한다
언제나 같은 꿈, 상자를 열면 온갖 얼굴 모양이 튕겨 나와
잠깐의 가면 놀이, 벗겨지지 않는 복면을 쓴 채 눈을 뜬다
내가 나의 표정을 다 써버릴 때까지
내가 나를 지켜본다

바깥은 삭막하고 안은 환하다
안에서 끊임없이 휘몰아치며 변주되는 빛
출구를 찾아 헤매지만

묵묵한 외연, 견고하다

* 뫼비우스 증후군(Möbius syndrome): 신경 이상 증후군. 이 증후군에 걸
  리면 기쁘거나 아프거나 슬퍼도 아무런 표정이 생기지 않게 된다.

재능 기부

1. 핑거 테스트finger test

넘지 말아야 할 것, 밀가루 1kg당 소금의 양은 20g 그리고 너,

이스트와 물과 우유는 차갑지 않아야 발효가 촉진되지 철창 속에 이 셋을 넣어 두면 죄수들의 생각들은 얼마나 말랑말랑해질까 반죽이 부푼다 향수를 뿌리지 않은 강사가, 손가락으로 구멍을 만들어 발효 상태를 확인한다 적당히는 도대체 얼마만큼일까 잠시 달콤해지는 구멍, 감금되었던 냄새들이 스르르 풀려 나간다

계량컵에는 몇 ml의 용서가 담길까?

2. 숙성과 성숙의 차이

지금은 벤치 타임bench time, 주머니칼을 갖지 못하는 곳, 나무들처럼 간격을 품을 수 없어서 나는 우리가 될 수 없는데,

강력분박력분통밀가루호밀가루백설탕그래뉼러당메이
플슈거흑설탕슈거파우더우박설탕벌꿀달걀소금천연효모드
라이이스트베이킹파우더럼주버터우유, 간격과 우리를 한
꺼번에 사랑해야 따뜻한 빵이 되는 것들

오븐 앞에서 어둠이 밝음을 천천히 배양하는 것을 지켜
본다 빵이 익을 때까지 너와 내가 같은 밀도를 가졌다고 착
각하면서

숙성엔 온도와 습도가 필요하다 하지만 성숙엔 울타리와
울지 않는 법이 더……

블랙 스완

객석에 앉아 내가 보고 있는 건
어쩌면 내 발끝

애야, 무릎을 구부려라
누가 두 번째 백조인지 질문하지 말렴
감촉과 촉감처럼 어감의 차이를 알려 하지 말고
최후의 나머지로만 남을까 봐 전전긍긍하지 마라

생생한

마주르카 춤곡과
네거리에서 멈추지 않던 질주와
서늘했던 아스팔트의 고집이
내 발목을 친친 휘감는데
엄습하는 환상통, 마치 발가락이 있는 것처럼

무희들이 만들어내는
팽팽한 탄성
고요한 도약

나는 여전히 꿈속에서 발레화를 벗지 못하는데

내가 산 꽃다발을 내가 안고
빈 발끝을 세워본다
무대 위 너처럼

천변의 잠

내 얼굴은 어디로 잠적했을까?
냇물이 그린 나의 몽타주는 나를 닮지 않았다

당신을 기다리는 동안
세 번째 계단 밑에 앉아
수초를 흉내 내며 졸았던 것 같다

산책자들이
안거나
안기거나
손을 잡는 방법으로 천변을 구성할 때
냇물 속 모든 투명이 외로워서 흐물거릴 때
달아날 수 없던 꽃들이
내 발등에 기대고 잠들었던 것 같다

산책자들이
둘이거나
셋이거나
손을 잡는 방법으로 천변을 지날 때
냇물은 산책자들과 무관한 표정이 되고

늪을 향해 나 혼자만 졸음처럼 흘렀던 것일까?
저렇게 무늬 없는 여자를 내 안에 던져놓고

비문증

초점 없는 것이 떠돌고 있다

네가 무심코 남기고 간 비난의 한 구절인 양

수인선 기차가 막 떠난 대합실에 갓난애가 분실물처럼
남았다

고치 안, 죽은 누에처럼 발견되고 싶진 않아서

캄캄한 담요에 싸여 있던 울음이 풀어졌다

그 아기 단단하게 자라 불온한 시간을 증명하기까지

얼마나 많은 기차가 오고 갔을까

식구는 없고 식솔만 넘쳐나는 고아원에서

나는 편리하고 간편한 매뉴얼을 부여받았다

(희망영아원, 은혜보육원, 새빛맹아학교, 사랑재활센터,

빛고을장례식장)

　미래가 한꺼번에 예견된다는 것은 얼마나 비참한 예감인가

　죽을 때까지 그 어떤 것은 내 안을 떠돌 것이다

　내게 왔던 최초의 공포와 두려움, 그리고 연민으로 가득
찬 눈동자들

　사소한 이물감과 스무 해 동안 따라다닌 징후를 절대 들
키긴 싫었는데

이소離巢

그곳은 나무들이 새를 함부로 버리지 않는 곳이었다
우리들은 새가 아닌 게 분명했다

비 오는 날 계단 끝에서
새처럼 앉아 조금만 먹는데……

저녁때 옮겨지는 건 아무것도 아니었다
대낮에 더 서럽던 고아들
언제나 배고프지 않았던 우리들

상자를 든 후원자 앞에서

상자처럼 고분고분 얌전하게
웃는 아이들은 웃고
그 아이들을 보고 뒤늦게 내가 따라서 웃고

그러나
때때로 내가 이불을 머리끝까지 덮어쓰고 먼저 운다면?

들어선 실내가 어두웠다 줄지어 심어놓은 듯한 뒤통수를

보았다 영화가 막 시작되고 있었다 나는 맨 뒤에 멀뚱히 서 있었다 두꺼운 안경을 낀 중년 여자가 손가락으로 한쪽을 한참 가리키는데

　내가 시작된 지점, 지독히 괜찮았다

　누군가 슬쩍 와서 내 웃음 안에 웃음이 없다고 말해 줄 때까지

　나는 점점 발랄해졌다

고스트 라이터Ghost Writer

적막이 월면月面을 걷듯, 손가락이 미끄러진다
글자로부터 멀어진다
불을 끄고 창문을 닫자
사물들이 묵언으로 말을 걸어오기 시작한다
식탁은 식탁대로
의자는 의자대로
할 말이 많다
소파는 소파대로
액자는 액자대로
생각이 조금 더 깊어졌다

잘 듣기 위해 커튼까지 친다
식물들은 제각각 다른 주파수를 가지고 감지한다
달빛이 언제 황홀한지
빗방울이 어떻게 먼저 말을 거는지
나비가 왜 10층까지 올라오지 못하는지

나는 나의 말을 나의 말이 아닌 것처럼 기록해야 한다,
완벽하게

귀 없는 먹먹한 것들

입 없이 웅얼거리는 것들

버리고 삭제하고 잊는다

어떤 식물은 칠흑 속에서도 꽃을 피운다

향기의 출처마저 얼른 지운다

유령선

　내가 떠밀려 온 곳에 내가 서있는, 이 좌표는 악몽일 리 없어

　막 당도한 기항지엔 항풍은 없고 두 손으로 수면을 가리키고 있는 흑암의 방식

　범람하는 음악과 난파된 시간들이 굴러다니는 갑판 위 마지막은 비렸어
　흩뿌려지는 이야기
　유령의 입을 통해 선실 안으로 흘러들고 있었지

　나는 2급 조리사, 출렁이는 것과 흔들리는 것을 구별할 줄 아는 감각을 가졌지
　그러니 여전히 울기 전에 왜 울었는지 설명할 필요는 없어

　5시간 전에 나는 눈물주를 찾는 손님에게 눈물을 따라 주었지

　눈물을 탐식하는 취향에 관하여
　텅 빈 동공을 보면서 잔을 들어 올리는 위안의 감정에 관

하여 생각하는데
　내 눈이 감기질 않아 물고기를 닮아가고 있었던 거야

　생생한 층위의 식감을 찾는 손님들 시선을 자르고 공기를
가르고 허공에 꽂힐 때
　수평선 끝에서 너울이 너울 속으로 침몰하는 것이 보였지
　식탁은 예감했기에 접시를 끝까지 떨어뜨리지 않았어
　세이렌의 노래가 끝없이 방향키를 홀리고 있는데 말이야

　오늘 밤 나는 이곳에 내려야 하는데 짐을 챙겨야 하는데
　가방에 가득 찬 물 쏟아도 쏟아지지 않는 물
　옷이 왜 젖은 줄 모르게 젖어있는지

떨어지는 자세

바람과 시야, 그리고 각도까지 모든 것이 완벽해 보였다

11
메타세쿼이아는 아직도 키가 자라고 있다
우듬지에서 까치발로 놀아볼까
내가 숲을 연기할까

10
여자가 발등에 그녀의 팬티를 떨어뜨린다
나는 레이스를 가져본 적 없지

9
발꿈치를 들고 스텝, 스텝, 스텝, 왈츠를 추고 있는 커
튼에게
가벼운 목례를

8
한 쌍의 앵무가 졸다가 화들짝 부풀어 오른다
앵무는 새장 속에서
나는 조롱 속에서, 우리는 같은 가려움증을 앓고 있었지

7

주머니에서 라이터를 꺼내려던 남자에게
나는 벌어진 입을 닫아주려고 손을 뻗는다

6

히어로는 아니지만 슈퍼우먼처럼

5

페인트공이 사색이 된다
질질 흘러내리는 유성

4

블록으로 집을 만드는 아이들
내 아기에게 손이 돋아나기를 매일매일 기도했다
되돌아간 아기는 잃어버린 것을 찾았을까

3

대답할 시간이 없는데
누가 눈을 가리고 비명을 지르는 걸까

1
나의 처음은 이 정도 높이였을 거다
보는 것보다 보여 주는 것이 더 많던

0
여기서부터 다시 시작이다
이젠 귀찮은 생각 따윈 지우고 말끔하게

제2부 마주하는 동시에 낯설어지는

흘러내리는 포물선

넌 난생이잖니, 당신이 말해 놓고 가자 난 알 속에 갇히고 말았어요

정점에, 나는 정교하게 달을 그려 넣지요 달이 자라기 시작하는 환절기에는 비가 자주 왔어요 우산을 잃어버리기 좋은 날들이었고 창문은 열리지 않아서 아무 일도 일어나지 않았어요 무지개가 거꾸로 떴더구나, 당신은 자라는 달을 외면하며 말하는 버릇이 생겼어요

꼭짓점에 손을 얹으면 먼 곳의 당신은 흐물거렸어요 여기의 아침과 거기의 아침은 서로 적막하고 한 생과 한 생에 이르는 거리가 같은 체온의 자취, 당신에게 배제된 달은 나의 노래, 그런데 나는 왜 이 노래가 두려워질까요?

머리칼을 자르러 가요 햇살은, 나에게 돌아오지 않는 당신의 궤적을 따라서 다녀온 눈빛이에요 아직 난 미숙이에요 미약한 껍질조차 없는, 당신이 알 하나 품은 게 잘못이지요 깨지고 나서 울게 되는 건 매번 당신이잖아요

착란

나의 발이 당신의 정원에 처음 이식될 때, 청각이 서럽게 출렁였다

당신은 결코 나무를 꿈꾼 적 없으니 물관을 타고 오르던 박동 소리를 들을 수 없을 거다

나와 당신은 다른 주파수를 가졌다 지지직 서성인 것은 이명이 아니라 악몽이다

귓바퀴를 따라 걷던 당신이 부르던 내 이름들이 하얗게 부서져 내린다

음계를 벗어난 음정과 엇갈린 박자들이 쓸려 와 앓는 곳

계절이 바뀔 때마다 귓속에 쌓이는 소리의 무덤을 당신은 알까

달팽이관 앞에서 우리는 남남이 되자고 포옹을 했다

당신 집 앞을 다녀간 건 빗소리가 아니다 끝없이 범람하

는 내 눈물이다

모든 귀를 닫고 당신의 기척을 삼킨다

굴절

버스가 커브를 돈다

유연함은 그런 것

엉거주춤 일어서는 노파

또한 굽힘은 그런 것

어제와 오늘의 날씨는 곳에 따라 산발적인 비

창문은 안에서도 밖에서도 열리지 않고

빗방울이 내내 유리창에 부딪치고 깨어진다 더 먼 강가에서 안전하게 태어나게 될 거야

가슴지느러미 아래 초승달 모양의 예쁜 쇄골을 가진 물고기를 만나려면 어느 정류장에서 내려야 할까요? 기사에게 묻는다면 미친놈,

버스는 저지대를 향해 달린다

비를 맞는 건 내가 아닌데 내가 흘러내린다

몸을 웅크린다

의자에 남겨진 우산처럼

두리번거린다

왜 너는 매번 떠나는 걸까 그 많은 정류장, 한 번도 내리지 않으면서

월요일에 출발한 버스가 아직 일요일 오전을 지나고 있다면

비둘기가 허공의 등을 긁으며 날아오르던 방향에서

멀미를 해야지

등을 두드려줄 손은 없고 토해 낼 슬픔은 많으니까

버스가 다시 한번 크게 커브를 돌 때

튕겨 나가는 상상을 하며

반드시 종점 전에 내려 울지 않고 굴절돼야지

너는 끝내 같이 내릴 필요 없지

처음부터 다른 버스를 타고 있었으니까

소강상태

잠깐 돌아섰을 뿐인데 허공이다

모든 입술과 입술 사이

우리가 허락한 건 선언이다

폭우는 한꺼번에 대답을 퍼붓고 질문을 기다리지 않는다

이런 절기엔 바람에게도 혓바늘이 돋고, 분위기는 즐비
할 거다

우산 속에서 너와 나는 유령처럼 투명해지고 싶다 나의
검정이 당신을 사라지게 하는데도

창밖, 나무들이 빗방울을 턴다 나무를 조이고 있던 새들
이 화들짝 날아간다

물방울 속에 잠든 소란들이 유빙처럼 미간에서 서서히
흘러내린다

빗물에 쓸려 간 긴 문장 대신 우리는 단문을 사용한다 이
상하게 대화가 자꾸 길어지고

떨림을 지우며 사라지는 것들의 꼬리를 밟고 아름답던 이
름 하나가 다가오고 있다

내 몸에 분포되어 있는 기층이 하나 더 늘어난다

사과 한 알의 아침

예지몽 안에서 얼마를 잔 걸까 꽃이 피었다 진 시간만큼
호흡은 캄캄하게
오늘은 깊숙하게

정물화 속에 손을 집어넣고 사과 한 알을 꺼내 오려는데
손금을 들킨다
빨강으로부터
나의 구도는 자꾸 흔들리고

무언가를 깎을 때마다 간격이 생긴다는 말
흘러내리는 안부로
멀어지는 원근법으로 읽는다

식탁 위 포크에 찍힌 사과 반쪽
나의 짓도 당신의 주술도 아닌데
달콤하게 혹은 창백하게……

독해진 심장을 한 입 크게 베어 먹는 우울이 있다면
사과의 곡선을 돌아
당신은 당신의 아침이 그려놓은 궤적을 지나친다

사과는 분명 당신 손을 질투한 적 없고
당신 손은 분명 사과의 태도를 생략한 적 없다

심벌즈

첫 악장은 언제나 느리게 시작한다
카페 안에 고이는 B단조의 감정
차이콥스키의 마지막 교향곡 비창을 연주한다

몇 개의 음표로 집약된 우리는
클라이맥스의 사생아
가지런한 배열을 안고 동시에 건반을 빠져나온다

휴지休止, 0.5초의 못갖춘마디를 실감하는 자리

그리고 무율의 시간

결정적인 순간에 한 박자를 완벽하게 연주해야 하는데
매번 타이밍을 놓친 것 같다
당신도 당신의 휴지休止를 생략한 것 같은 기분이 들까

당신의 노래가 나였던 날들은 결코 없었을지 모른다
아무 떨림도 없이 아무 맥박도 없이

그러니 우리의 악보에 도돌이표를 그려 넣는다면

막다른 입장에서 더 이상 길고 슬픈 손가락을 내밀지 않
아도 될 텐데

끝 악장이 서둘러 뒷모습을 지운다
손바닥만 남겨 놓고 당신은 떠난다

도둑게 별자리

1

도둑게였지 집게다리 들고 그늘진 뒤꼍을 드나들던, 두 개의 문을 밀고 들어가면 항아리들 구석구석 쥐똥의 이정표 봄에 청상이 된, 두견주를 빚는 젊은 저 어머니 나는 두견 주를 훔쳐 먹으며 치마가 짧아져 갔고 꽃은 항아리 속에서 제 빛을 잃어갔지 저 어머니 뜨거운 체액으로 잘 익히던 알 콤한, 순식간에 달아오르던,

2

내 애인은 북서풍을 사랑해 상처를 나에게 건네준 걸 감 추려고 주머니를 자꾸 뒤적이지 가방에 들어있나 그게, 서 툰 인사법은 언제 익혔나 자꾸 숙어지고 내 입에선 으깨진 꽃잎, 붉은, 나는 처음부터 되새김질하는, 긴 혀를 가진 사 람 입속에 접혀 있던 혀가 주책없이 펴지면서 끌고 나온 것 들, 문밖에는 밤이 와서 서걱거리네 작은 주먹들이 창문 을 두드리고 빨리 이 계절이 옆으로라도 지나갔으면 좋겠 어 나는 중얼거리며 혀를 접어 넣다가 목구멍에 꽂힌 별 하 나를 건드렸네

원탁

　당신 옆에 귓속말 귓속말 옆에 혼잣말 혼잣말 옆에 빈
의자

　내 눈은 식탁을 지나 창틀을 넘어 하루 전 당신과 함께 정
원을 걷고 있지 의자 밑에 얌전히 발을 모아두고 발소리를
내지 않는 고양이처럼 발자국을 남기지 않는 나비처럼……
정원에는 나무들이 무성하게 웅성거리고 막 피려는 꽃과 막
지려는 꽃의 시차를 가름하려고 새들이 폭죽처럼 솟아오르
지 당신은 나와 마주 앉아서 우적우적 씹고 있지 내 얼굴은
보지 않고 접시만을 사랑하는 사람처럼…… *방충망이 다 망
쳤어, 너무 촘촘해 숨이 막힐 것 같아, 뭐가 문젠데?* 내가
당신 자리로 옮겨 가도 같은 태도일까 남몰래 2인용을 꿈꾸
고 있다는 것이, 서로 다른 우리가 단순이 생겨나는 것이,
나를 지우고 당신을 하나 더 만든다는 것이, 등으로 풍경을
음미하는 당신에겐 쓸모없는 방식일까 이렇게 넓은 식탁에
서 단둘이 요리를 먹으면, 모든 게 흩어지지 않는다고 믿
는 당신, 빈 의자 옆에 빈 의자, 텅 빈 당신 옆에 텅 빈……

포트홀Pothole

오후 2시 비가 쏟아진다
순식간에 밝은 소란 안은 정적
그 사이 유리문은 늘 같은 시점을 고집한다
젖은 사람과
좀 더 먼저 젖은 사람들이
한꺼번에 발목을 내놓고
한꺼번에 정강이를 내놓고

계단 아래 얼룩고양이
그 옆에 자두나무
후드득 떨어지는 자두알 굴러간다
분명 두 알이 굴러간 것 같은데
한 알은 당신 발밑으로
또 하나는?
아, 저기 웅덩이 속으로

나의 발끝만 몰두하는 당신의 태도가 보인다
앞쪽은 다정한데
뒤쪽은 비열하다
나는 어느 쪽을 더 미워해야 하나

아니 묵인해야 하나
여전히 진행 중인 척하는 관계 속에서

비는 그치고, 당신이 교차로를 건너며
힐끗 돌아볼 때
아, 바퀴에 으깨지는 한 알의 자두

항상 파여 있는 기분
알 수 없는 곳까지 자두가

거짓말, 혹은

숲을 전개해 나간다[*]

바람의 빽빽한 오해 속에서
우리는 오늘 연한 녹색이고 싶어

서로에게 묶인 연리지를 풀고
각자의 이몽異夢을 탕진하며

갈림길에서 당신은 산란한 알을 쥐어주듯
예감 하나를 건네주는데

나는 일부러 못 들은 척
뜻은 날려 보내고 소리만 품는다

왼발 오른발 경쾌한 리듬 속에
수많은 우리들이 증발하고

너무나 가벼워 날개가 빠져나올 것 같다
요정의 기분이란 이런 걸까

다리를 휘감는 화사에도 놀라지 않고
검붉은 산딸기가 은밀하게 농담해도 유쾌해진다

왼발 오른발 목적지에 다다른다
품었던 소리를 확인하는데

깨져 있다, 흘러내리는 건
곪아터진 거짓말이 아니라 내 자신

숲이 완성된다

* 이수명의 시에서 차용.

와류의 방식

적도를 중심으로
위쪽엔 당신의 와류가 아래쪽엔 나의 와류가 있다

당신은 시계 반대 방향으로
나는 시계 방향을 따라

소용돌이치며

이렇게 흘러내리다 그대로 모르는 사람이 된다면,

날짜 변경선을 기준으로
당신은 왼쪽으로
나는 오른쪽으로 목이 꺾인 채
불어나는 생각에 휘말려서

떠밀려가다 그대로 사라진다면,

누가 우리의 오늘을 확신할 수 있을까

누군가 마개를 뽑아주면 좋을 텐데

퉁퉁 불은 생각이 빠져나갈 구멍은 없고
욕실엔 당신이 떠나기 전
돌려 놓고 간 모래시계, 쏟아지는 꿈 아니 쏟아졌던 꿈

회오리 직전의 기분만 남은 채
분위기로만 떠도는 우리가 있다

테라스의 계절

여자가 서둘러 앉으려다 서둘러 모자를 떨어뜨렸다 굴러간다 이제 모자는 바람의 소관이다

양들은 울지 않고
뱀들은 휘감지 않고
전갈은 꼬리 치지 않는다, 별리의 완성이다

남자가 모자를 주우려고 엎드린다 휘어진 등 곡선을 따라 질긴 수렵의 시간이 뿌리를 내리고 있다, 웃지 않는다 남자는 불모지에서 마른 풀에 베인 서로를, 버리고 온 걸 뒤늦게 알아챈 표정이다 '괜찮아, 이곳엔 바람을 찌르는 장미가시는 없어'

테이블 위 토핑 없는 도우처럼 여자는 밋밋하게 상관하지 않는다
석양이 무뚝뚝하게 뜨거워지는데 커피는 냉정하게 식어간다

황혼에 얼굴이 붉어진 남자가 컵에 코냑을 들이붓는다 혀를 감싸는 코냑, '그래 맞아 어제의 여자와 오늘의 여자는 같은 태도였어'

바람은 멈출 줄 안다 모자 속에 어둠이 그대로다 모자가
여자의 머리를 다시 감싼다 여자가 웃는다,

흑단

체스보드에 검은 말을 옮기며 당신은
말이 없고

난 TV 뉴스를 보며 구시렁거린다

종일 아무 말도 하지 않으면서
모든 말을 했다고 당신은 말하고
모든 말을 해놓고
아무 말도 안 했다고 나는 착각한다

창밖엔 눈이 내리고
눈은 찰나를 목격한다
안락으로 가득 찬 거실을
아름다운 가정의 실체를

당신이 최대한 지루한 게임을 견디는 동안
나는 지루하지 않게 채널을 돌린다

당신이 방금 옮긴 말이
내 깜깜한 심연을 깎아 만들었다는 거,

말하고 싶었던 건 아니다
단지 나만 모르는 드라마가
당신 안에서 펼쳐질 뿐이다

당신은 스스로 승리자가 되고 패배자가 된다
나는 스스로 수동태가 되고 능동태가 된다

눈은 쌓이면서
우리의 무익한 무언극을 저장한다

식탁의 방식

당신은 왜 나와 비대칭의 얼굴을 가졌을까

마주하는 동시에 낯설어지는, 돌아서는 순간에 거울이
되는 당신과
저녁을 연출하는 기분이란

낡은 모선을 끼고 엇각으로
앉아,

내가 불쑥 우리라는 낱말을 꺼내자, 당신은 토마토처럼
놀란 눈빛이 되었다가
동공을 살며시 감추고 만다 저녁이 가도 저녁은 계속되고

그럼 그만할래, 말하면 생략되는 것은 당신과 나만 알
고 있는 것

당신은 애초부터 집착이었나 언제나 똑같이, 똑같은 것
들만 가득한 이 자리에서
모서리가 깨진 접시처럼

제3부 달팽이의 족적처럼 외로운 것을 본 적 있니?

누락된 페이지

너무 오래 접혀 있는 자세로 이동했다 손의 온도가 갈라진다

눈물이 와서 눈물을 닦아준다면, 그건 나쁜 일

태생부터 손가락이 자라지 않는 소년이 내 옆에 와 눕는다

소년은 노래였거나 노래이거나 노래일 것이다

눈동자에 갇힌 소리가 비명을 지르지 못하게 노래가 먼저
빠져나온다 귀에 가둔 샛별이 새어 나와 물 밑이 잠깐 환해지
기도 했다 돋아나는 호흡을 삼킨 배가 자꾸 불러왔다

한 계절만 흐르는 이곳에서, 우린 지느러미 없이 단단하게
살자 소년아 너는 마디를 가진 하나의 속성으로

너에게서 흘러나온 생이 내게로 와 무늬를 만드는 동안, 강
가에서 누구도 손을 씻지 않는다

차골叉骨*

십정동에 사는 노인들은 주기적으로 앞으로 넘어진다
계단은 낡았고 관청은 멀다
새들은 날개와 가슴을 이어주는 뼈가 있다
달아나고 싶을 때 달아나지 못하도록 꽉 붙잡아 놓는다
노인들에게도 차골이 자란다
오늘을 장담하기 힘들 때 불쑥 이음새가 단단해진다
신도로 주소에선 산 10번지가 사라지고 없지만
공화국의 친절한 복지사인 나는 주기적으로 차골을 확
인하러 온다
비좁다, 라는 말이 골목에 숨어있다가 고개를 내밀 때
시민으로 분류되지 않은 노인 몇이
녹슨 철 대문 앞에 앉아 도넛을 날린다
연기는 구름이 되지 못하고
한 마리 한숨이 되어 담벼락과 담벼락 사이에 갇힌다
안녕하세요 ……, 안녕은 개뿔!
연명이라는 말을 씹어 먹으며
퀴퀴함을 입고 퀴퀴함을 덮고 자면서 상태를 점검받는다
누워있을 때 천장이 자꾸 너머를 부추겼을 거다
바닥은 많아도 옥상은 없는 가난한 십정동
생각이란 쓸모가 없고 과거는 빠듯하니

미래가 망상으로 치닫는 걸 냉골이 방해한다
산 10번지 전체가 정원이라고 말하던
이웃집 여자 노인의 엷은 미소는 작년 겨울에 떠나고 말았다
가까운 곳과 먼 곳에 전부 계획이란 걸 심어놓더니
차골의 사용법을 알면서 펼치지 못했다

독신과 독거의 차이를 아는 사람들이 이곳에 산다
인공위성 사진에선 골목은 보이지 않고
도시와 도시 사이에 걸쳐져 있는 희미한 뼈만 보인다
간혹 죽은 노인의 몸에서 차골이 발견됐다고 우기는 사람
이 있다
그건 바로 나다
여기 좀 봐봐 가슴 안쪽이 찢어질 듯 아프다니까
괜찮아요, 차골이 좀 더 자랐을 뿐인걸요

* 차골: 날개와 가슴을 이어주는 뼈, 주로 새에게 있는 뼈.

우중雨中의 광장

광장은 사라지기에 가장 좋은 시간을 가졌다
말들이 사라지고 빗소리가 범람하는 광장
물웅덩이에 떠있는 꽃잎은 비언어적인 기호
광장을 횡단하는 동안 우리의 등은
오그라들었고
광장의 끝을 벗어나는 동안 우리의 이마에서는
촉수가 돋아났다
서로의 귀에 입술을 대어보고 우리는
투명 우산 속 우리가
광장을 횡단하는 데 전 생애를 소비한
와우蝸牛 종이라는 사실과
연체의 감정으로 벗어나는 일조차
태도가 될 수 없다는 사실에
느리게 놀란다
달팽이의 족적처럼 외로운 것을 본 적 있니?
우산 속 우리가
자웅동체라고?
너는 왼쪽에 비밀을 만들고
나는 오른쪽에 암호를 숨기는데

구름이 광장을 지배하는 날만 계속되었다
구름 속엔 죽은 목소리들이 떠돌고
우리는 우리라는 껍질을 완전히 벗는다

산책

하나의 주머니 속에서 우리가 손을 잡을 때
무성한 내 죄를 들킬 것만 같아
장갑을 꺼내지 않았지

죄가 한 번 더 축축해졌지

발바닥이 넘쳐 나는 숲으로 들어갔지

숲은 더 깊은 곳으로
쓸모없는 족문들을 불러 모아서

숲 너머 숲엔
새들이 거꾸로 매달려 발목을 감춘 것들을 기다렸고

주문에 걸린 듯 사람들은 일렬로 뒤돌아보지 않았지

우리는 지금 나란히 나란히 걸으며
나란히를 증명하지
발바닥으로부터 손끝까지 올라온 시린 죄를 고백하지

차라리 늪이라도 있었으면 좋을 텐데
그대로 유령을 삼키면 좋을 텐데

이 숲엔 온통
가는 발자국과 돌아오는 발자국이 있는데
멈춘 발자국은 하나도 없지

숲은 숲

숲은 굴리기 좋게 뭉쳐져 있었지
다른 방향을 향해 굴려도 숲은 숲
굵은 굴참나무와 여린 떡갈나무 사이로 지나간 바람은
혼자서 걷고 있는 오늘의 날씨를 뭐라고 할까
언젠가부터 내 무릎에서는 동록銅綠 냄새가 나고
외다리로 간헐적으로 두드린 점들이
마침표가 아니라 쉼표라고 애써 위로한다
지난 계절이 뱉어낸 기척들이 쌓인
산책로를 따라 나는 쇠똥구리처럼
숲을 밀면서 안으로 들어간다

초록은 언제쯤 낯설어질까
나무가 나무를 안고 새를 재우는 시간
골짜기는 얌전한 안개를 기르고
어린 짐승의 가르랑 가르랑 소리는 커지고
이 숲을 다 지나가면
수많은 사람이 되거나 희박한 우리가 될 텐데

사람이 앵무새를 흉내 내도 숲은 숲
나 놀라고 나무가 화들짝 흔들려도

새가 숲 밖으로 튕겨져 나갔다 돌아와도

무릎 아래 허공은 놀라지 않으니 숲의 법령은 시詩다

나는 문득 고개를 꺾어 밑둥치 근처에서

직립하는 문장들을 본다

솎아낼 필요 없는 날이미지 속에서

나는 미련 없이 생생한 통점을 버린다

주문을 잊은 음식점[*]

울면은 언제 먹는 걸까

질문은 사적으로
대답은 공적으로

테이블에서 주방까지 가는 동안 기억은 다시 깜깜해지겠지
모든 빛을 흡수하는 검정처럼

오늘이 가기 전에 우리가 몇 끼를 먹었는지
기록할 필요는 없는데

무엇을 드시겠습니까, 가
자꾸 무엇이 되시겠습니까, 로 들려서
손님도 되고 딸도 되는 나는
엄마 나 하는 것 잘 봐요, 큰 소리로 외쳤지

엄마가 물컵을 두 번째 갖다 놓았을 땐
왜 내 머릿속이 새가 떠난 텅 빈 조롱 같았을까?

10초 전과 10초 후의 표정이 달라질 때마다

문이 열린 조롱 밖으로

새가 한 마리씩 빠져나가는 느낌

수북한 빈 그릇

엄마, 이젠 닦을 필요 없어요 오늘은 헤매지 말고 함께 집

으로 가요

우리는 동시에 일어났지만

왜 일어났는지 알 수 없어서…… 엄마는 다시 메뉴판을 들고

* 〈KBS 스페셜―주문을 잊은 음식점〉: 경증 치매인들이 직접 음식점
   을 준비하고 영업에 나서는 과정을 담은 KBS 다큐멘터리.

공중에서의 잠

틈새를 빠져나가는 저 날개는 누구의 것인가

날개와 날개를 엮어 공중을 세우는 필생
200일 동안 땅을 밟지 않은 채 나눠 가진
서로의 심장은 이란성 감정이다

공허가 얼마나 깊은지
칼로 고요를 베어내도 고요는 대낮에도 무럭무럭 자라고

바닥이 없는데 어떻게 서러운 발목을 키웠나

새 한 마리가 당신 안에 떠돈다

공중을 품은 당신은 지금 위험하다
빌딩은 높아지고 유리창은 수다스럽고

허공에 낸 길을 딛고 당신이 깃털을 다듬는다

밧줄에 매달린 의자가 활공의 자세를 취하고 있다
유리창의 표정을 닦으며 당신은,

점점 투명해진다 당신의 그림자가 당신의 형체를 찾아
실족하는 사이

칼을 품은 새가 날개와 날개 사이를 벼리고 있다

골목의 안쪽

더 싼 월세를 찾아 비린 골목에 구멍을 냈다 우글거리는 어둠과 불면이 들러붙은 천장, 창이 높아서 두 귀가 턱을 괴고 흔들린다 별들이 흘러가는 소리를 이해하기 위해, 창 아래 꽃들이 내뿜는 한숨을 모른 척하기 위해 감염된 생각들을 되새긴다 달빛 몇 줄기가 반지하 창틈으로 미끄러지려고 안간힘을 쓴다 빈방에 대한 예의로 노크할 필요는 절대 없다 싱싱한 달빛을 물고 고양이가 담장 위로 달아나는 것을 본다

흘러가고 싶은데 3.5평엔 욕조가 없다 샤워기를 튼다 국지성 우울이 쏟아진다 골목이 볼륨을 높인다 젖은 소리가 주파수 안으로 뛰어든다 오늘의 출연자는 '고래사냥'를 끝내고 '킬리만자로의 표범'을 부르면서 지나간다 동해 바다는 너무나 낡았고 표범의 이빨 사이엔 궁핍만 잔뜩 끼어있다 한 번도 만나본 적 없는 하이에나, 사내는 나였다가 그였다가 표범이었다가 헤어진 소문이었다가, 바람처럼 왔다가 이슬처럼 사라지는 절망이 되고 만다 그에겐 어둠이 너무나 쉽다 패배들이 자꾸 발목을 잡아끌고 가까이 갈수록 집은 잡음이 된다 방이든 직장이든 지속성이 필요한데, 이 세계에서 허락된 방식은 끝내 한 달이다 유행가가 휘어진 골목의 끝을 향해 터덕터덕 걸어간다

나와 사내를 위한 극적인 엔딩이 필요한데 오늘도 가등은 퍽하고 꺼지지 않는다 저 불빛마저 없었다면 암흑이 될 수 있었을 텐데, 비극이 여러 번 다녀가도 이곳의 법칙에 따라 골목은 비극을 저장하지 않는다

물고기의 시간

두 발과 두 팔은 식상하고
생각은 늘 꼬리지느러미를 남기는데
물이 없다

귀를 열지 않고도
유리 너머 이야기를 들을 수 있고
이야기 속 주인공은 일주일 내내 미끌거리고
질척질척 습하기만 한데
짠 내가 없다

밖이 안이고 안이 밖인 이곳에선
비린 불안이 자주 발각된다
알을 입속에 넣어 부화시키는 바나나 시클리드처럼
당신은 당신을 내 호흡 속에 숨겨 두고
방치한다

분위기를 갈아줄 태도가 없는 날들
바닥에 들러붙은 몽상들이
검게 번져 나오고
이미지들이 물풀처럼 흔들린다

이 구성엔 에피소드가 충분하지 않다
던져주는 어분처럼 흩어지는 캐릭터
불면처럼 쏟아지기를 거부하는 알약

눈 뜨고 자는 버릇을 길들이기 위해
나는 소품처럼 배경을 즐긴다

소경목림小徑木林*

요양병원 원예치료 시간, 그는 숲을 만드는 데 최선을 다했다 수평을 그려놓고 흙을 탄생시켰다 화초를 심기 위해 파놓은 구덩이에서 반짝이는 사금파리처럼
몇 조각의 기억이 빛났다

그가 구상한 공간에는
허물어진 무릎과
충분히 긴 볕을 받기 위한
등받이 있는 벤치가 배치된다

오늘의 질문들이 한꺼번에 날아왔다 *원예는 정원을 가꾼다는 건데 도대체 정원은 어디인가요? 나무는 왜 눈 내리는 겨울에 심나요?* 날아가는 새들처럼 재재거리는 눈동자들

다 그린 다음에는 꾹꾹 눌러줘야 합니다 질문하지 마시고 기억이 돌아올 때까지 초록을 덧바르세요

그는 누군가를 기다리며 벤치에 앉아 졸고 있는 자신을 그리고 싶었다 그 자세 그대로 앉아 발바닥에서 뿌리가 뻗어나가는 장면 속에 멈춰있고 싶었다

심었다 지우고 다시 심는 동안, 그의 숲은 신록이 점점 짙어졌다 눈보라 몰아치는 창밖 악천후와는 아무 상관없는 세계

숲의 저편에서
찾아올 사람을 위해
숲은 완성됐다

그러나 의자의 방향까지 바깥쪽인데 숲이란 단어가 갑자기 떠오르지 않는다
여기 앉아있는 사람은 누구입니까, 하는 표정으로

그가 숲을 빠져나와 있다

＊ 소경목림小徑木林: 지름이 작은 나무·숲.

시연試演

환한 잠인데, 이미 나는 몇 년 전에 잠든 사람
어째서 내 잠의 껍질은 단단할까

잠들기 전 은목서 옆을 잠깐 지나왔을 뿐인데
아직도 꽃향이 콧등에 배어있다니

잠에서 깨어나면 꽃은 졌겠지만
잎은 여전히 톱날을 세우고 있겠지만

침상 옆에서 누군가가 읽어주었을까
지겨운 오늘의 양자리 운세

소리 내지 않아도 나비가 찾아온다는
한 사람만으로도 씨가 맺힐 수 있다는
거짓말을 품은 채

실루엣보다 가벼운 농담으로 살아있는 것처럼
당신은 연극을 하겠지

분위기 너머

포즈는 일관되게
대화는 간명하게

꽃이 잠에게 말한 것처럼
암전 속에서 쓸모 다한 소품 흉내를 내며

따분한 아침을 연출하고 있겠지
클라이맥스에 충실하게

남은 잠을 위해
하얀 시트를 머리끝까지 올리면서

고이 꾸온Gỏi cuốn*

여자가 앞치마를 벗어 접으면 비둘기 떼가 함께 접히곤
했다 한 주먹 쌀알 앞에서 머뭇머뭇 떨어지는 깃털들, 차
오르던 감정들

밥집의 오후 3시는 주문 끊기는 일이 허다하고
하늘 끝이 텁텁해서

비행기는 날고 한번 더 날고 끝내 또 날아가서

오늘은 잘 발효된 느억 맘Nuoc Mam** 냄새가 서쪽에서
몰려온다고 상상하고 있을까

여자의 엄마가 창가에 앉아 투명하고 말랑한 반짱 속에
말아 넣던 건 야채와 돼지고기와 쌀국수와 아버지의 억척스
러운 입맛이었을 거다

여자는 서로 날짜가 다른 국경을 생각했다 넘을 수 없고
넘어올 수 없는 체감, 붉은 눈시울을 불러왔다

비둘기들은 발이 제일 예쁜데, 배를 채운 채 죄다 날아가

버리고 반경 안엔 적막한 햇살만 남는다

이방인 식당에 이방인이 몰려 들어온다

* 고이 꾸온Gỏi cuốn: 베트남 음식(월남쌈, Vietnamese spring roll).
** 느억 맘Nuoc Mam: 생선 소스.

근린

꽃의 정수리를 찾아 조리개를 기울인다

그러나 당신은, 당신 발등에 물이 쏟아지고 있다는 걸
모른다

창밖으로 흘러가 구름이 되고 있다는 것도 모른다

나는 겨우 입술을 열어 천천히 그늘이 된다

그늘진다는 건 혼자라는 사실까지 지우는 것

긴긴 목을 내밀고 창으로 쏟아져 들어오는 햇볕을 거부
할 줄 안다는 것

목덜미에 번지는 화인을 장미처럼 가시로 만들 줄 안다
는 것

우리는 언제 처음 화분을 갖게 되었을까

우리의 흙, 우리의 뿌리, 우리의 줄기, 우리의 낮잠

당신은 남고 내가 사라졌다는 걸 이웃들은 아직도 모른다

불규칙적으로 불은 꺼지고 켜진다

규칙적으로 문은 닫히고 열린다

한 사람이 시들고 한 사람이 부활한다

이웃들은 어떻게 한 번도 사라지지 않고 우리를 견디는 걸까

제4부 뒷면을 보여 주지 않아도 다정해지는 우리가

그레코로만형

파테르 자세를 취하고 있다

너는 어떻게 이 지루한 밀착 속에서 너를 견디고 있는 건
지 바닥은 우리에게 한없이 헤프고

한 방향에 익숙한 내 몸은 뒤가 항상 불안하다
휘슬이 울리듯 붕대가 풀리면
어제가,
오늘이,
내일이, 한꺼번에 빨려 들어간다
역류하는 비명
틀어막아도 범람하는 안쪽
피고름 속으로 휩쓸리는 잔인한 궁극

패자부활전에서도 누군가는 또 패배한다 모두 퇴장한 병
실에 나만 사물처럼 던져진다 매트 위가 흥건한데 끝을 끝
까지 지켜보는 것은 언제나 소독약

요즘 내 악몽은 잠에서 깨고도 여전히 내가 스탠딩 자세
가 될 수 없다는 거다 꿈속은 언제나 어두운데 고통만은 환
하게 보인다

맹목

너의 서식지는 날짜 변경선이 지나는 곳, 어제와 오늘을 동시에 가질 수 있다

가방 속에 접어 넣은 지도의 모서리가 닳아서 어떤 도시는 갑자기 사라지고 만다 오늘의 해가 다시 오늘의 해로 떠오를 적도 부근에 숙소를 정한다 날개를 수선할 때는 길고양이의 방문을 정중히 거절해야 한다 난 철새도 아니고 지금은 사냥철도 아니니까 너에게 이미 할퀸 부분을 다시 또 할퀴는 일 따윈 없어야 하니까

기착지를 뒤적이다 마지막 편지를 쓴다 마지막이 마지막으로 남을 때까지 쓴다 나를 전혀 마지막이라 생각하지 않는 너에게

삼 일 전에 보낸 안부가 어제 도착한다 너는 나를 뜯지 않는다 흔한 통보도 없이 너는 멀어졌고 난 네가 떠난 지점으로부터 무작정 흘러왔다 너의 안부는 고체처럼 딱딱하고 나의 안부는 젤리처럼 물컹하다 몸 밖으로 빠져나오려고 하는 기미조차 미약하여 난 비행非行이 너무나 쉽다

싸구려 여관방에서 보이는 야경이 주르륵주르륵 흘러내린다 오늘도 나의 다짐은 추락하지 않고, 가벼워질 대로 가벼워진 나의 착란은 뼈마저 버린다 너는 결코 이방異邦이 아니다 태초부터 회귀점이다

필라멘트

1
빛을 향해 나아간다고 믿었다
이토록 저녁이 위태로운 적은 없었다

날아오르려는 아기 새의 발목처럼
접시 위 연두부처럼

처음부터 지도를 당신에게 내밀었더라면
그때 당신이 조금만 더 친절하지 않았더라면

나는 섬광 속에 도착하지 않았을 텐데

2
어둠이 어둠을 안쪽으로 밀어 넣으며
당신의 들숨과 나의 날숨이 동시에 발화점에

닿는 순간, 우리는 빛이 되거나
혹은 재가 될 거라는 예언서를 읽는다

예언은 왜 모두 극단적인가, 왜 쓸모없이 이중적인가

냉점과 온점 사이
빙점과 비등점 사이, 저항은 매번 뜨겁다

당신에겐 끌 수만 있는 스위치가 있다
넘쳐나는 눈동자, 넘쳐 나는 그림자

덕지덕지 들러붙은

나는 당신 안에 움츠리고 있는 암전을 모두 꺼내 읽다가
늙을 것이다

퍽, 하고 꺼지거나 까맣게 타버리거나

못갖춘마디

어둠과 어둠 사이를 비집고 들어온 우리
신발 바닥에 묻은 흙을 툭툭 털어내는데
어둠의 냄새가
자작나무 잎 부스러기와 함께 털려 나오네요
우리는 언제부터 사각의 묘혈에서 살고 있었나
몸의 올이 풀리면서
뼈의 윤곽이 나타나기 시작합니다

우리는 눈을 감은 채 뜨고 있는 사람들
눈동자를 짚으면 우리가 흘러나오네요
한쪽 귀마저 잘라 서로에게 건넨 우리는
들리지 않는 것만 듣지요
가령, 바닥난 감정이 다시 차오르는 소리 같은

우리 둘 중 죽은 사람은 누구였더라
깍지 낀 손이 풀리지 않아
심장을 꺼내 볼 수 없는데
괜찮아요
우리는 늘 하나의 심장으로 숨을 쉬었어요

뼈와 뼈 사이로 나무뿌리 밀고 들어와

못갖춘마디를 하나 더 만듭니다

떨켜

케이크 한 조각씩 나눠 먹었다
눈사람이 창밖에서 뭉개지다 사라지는 동안
우리는 배부르지 않았다
생일을 다 써버린 네가 공중으로 떠올랐다
천장에 머리만 둥둥 떠있다
누군가의 비명이 축가라고 착각한 손님들이
박수를 보냈다

꽃다발이 말라있다
넘어진
꽃병 속에서 얼굴이 흘러나왔다
생일이 되고서야 끝끝내 죽고
기일이 되어서야 비로소 태어나는

너는 닿을 수 없는 의문형이 되어 가볍게 멀어졌다
난무한 추측과 명백한 소녀

우리는 최대한 둥글게 앉아
축복의 말을 다듬느라 너에게 높이가 순식간에 자라는
걸 보지 못했다

그 사이
낡은 창문이 열린 건
북서풍 탓이지만

미안해, 너를 놓쳐서

오토바이가 지나가면 바람은 맛이 달라진다

1

그녀가 기억하는 골목은 주술에 걸리곤 했다. 엄마는 사라졌는데, 엄마가 아끼던 머리핀은 땅바닥에 그대로 있었다 그늘은 지붕 사이로 천천히 흘러와 고였다. 아버지가 사라진 후, 골목에는 오랫동안 그늘이 사라지지 않았다 오토바이가 지나가면 바람은 맛이 달라진다 두고 온 것이 많다 고아의 몫은 골목 밖으로 튕겨져 나온 한 조각의 그늘, 가방 속에 숨긴 그늘을 사람들에게 종종 들키곤 했다

2

한때 가족의 일원이었던 그 시절을 빼고는 다 환한 그가 비를 맞는다 빗소리가 흘러드는 열린 골목에서 비린내가 몰려나온다 검은 장화를 모자처럼 쓴 담벼락은 비린내를 얼룩으로 가졌다 그가 골목에서 나오자 골목이 닫힌다 닫힌 골목의 멍든 어깨에 빗물이 번진다 오토바이가 지나가면 바람은 맛이 달라진다 그의 두 발이 자꾸 허공으로 떠오르는 이유, 그의 혈통은 구름

3

그가 빨간 헬멧을 쓴 그녀를 배달하기 시작했다 바람의 맛

은 분분했다 구름을 가득 채운 그녀의 가방에서는 더 이상 그늘이 덜거덕거리지 않았다 가방이 빵빵해졌다 주인집 여자가 그녀의 빵빵한 가방에 관심을 보이며 반지하 셋방의 열쇠를 건넨다 문을 열자 환부 위에 붙인 파스처럼 방바닥에 붙어있는 한 뼘의 볕

발췌

엽서, 여행 버킷 북, 서한집
그리고 카메라는 나에게

너는 절벽에게

엽서

여기가 끝이라는데 여전히 나는 더 가야 할 것 같아,

앞면에는 너머로 넘어가지 않는 해와
온통 붉게 물든 마을 광장
뾰족한 지붕 그림자가 올라선 계단
그 아래 돋을새김처럼 뚜렷한 피사체
여자가 남자 쪽으로 휘어져 있다
남자가 건네는 연어가 무거운지

나도 휘어지고

여행 버킷 북

남은 페이지와 남겨진 페이지 사이에

삶이 무미하고 건조하다면, 대륙의 가장자리 피오르 협곡으로!

오늘의 나와 그날의 너는
그곳이 죽도록 그립다
너는 이미 그것을 입증했다

죽음의 세계에서도 죽도록 그리운 게 있을까?

책에서

제겐 빵만큼이나 고독이 필요했습니다,[*]

서점을 지나 깜깜한 낭하를 함께 걸은 적 있다
갑자기 사라진 우리들
서서히 나타나던 윤곽들
고독이 네 얼굴을 하고 내 손을 쥐고 있었다

침대 끝에 우두커니 앉아있는데, 카니발은 시작되고

카메라

횡단 열차 유리창에 너의 모습이 첨경으로 찍혀 있다
셔터를 누르던 찰나에 네가 보았던 너를
내가 보고 있는 거다
나는 네 눈을 쓸어 감긴다

누가 카메라의 조리개를 열어뒀나
오후의 방은 백색의 빛으로 가득하다

• 『카뮈-그르니에 서한집』에서.

깃꼴겹잎

전생에 새였군요, 당신은
태생부터 부리가 땅속에 박혀 있는 인생입니다

너는 왜 새처럼, 새처럼
핀잔을 듣던 이유
허공이 낯설지 않았던 이유
버둥거리던 몸짓을 자꾸 반복했던 이유

당신이 내 그늘에 날아들 때마다
흔들리다 깃털 한 잎 떨어뜨린 적 많아

사랑한다,
사랑 안 한다,
사랑한다,

전생으로 돌아가 당신의 알을 가져올 수 있을까?
날개를 자르고 한 번 더 난생이 될 수 있다면
애증을 감싸고 있다가 절벽 앞에서 놓칠 수 있다면

사구
―신두리

모래는 밀려나고 밀려나서야 파랑波浪을 볼 수 있어요 해안선은 당신의 어깨를 통과한 후 선명해지고 긴 머리카락이 비린 해초처럼 자꾸 풀려 나가요

파라솔 아래에 앉아 해무가 섬들을 산란하는 걸 지켜봤어요
먼 곳을 끌어당기면 왜 자꾸 눈물이 나는 건지
섬들은 왜 무인도의 감정으로 마침표를 꿈꾸는 건지

모래는 주기적으로 서쪽에서 서쪽으로 흘러왔어요 그 많던 물결무늬들, 맨발을 기억하던 입자들, 사초砂草가 흔들릴 때마다 뜨거운 생을 질주하던 표범장지뱀들, 잊어야겠다는 듯이 기필코 잊을 수 없다는 듯이

해조음을 배경으로
이토록 적막한 허리

내 그리움의 반경은 넓고도 깊어
슬픔은 지금 흩어지는 중이니까
희박해질수록 멀리 갈 수 있으니까
당신이 환상일 때도 실재일 때도 내 안의 언덕은 더더욱 달구어지고 있으니까

통조림공장

당신은 아직도 몰라요 내가 통조림공장 공장장인줄 아주 특별한 공법을 가지고 있고 아주 은밀한 비법을 사용하는 줄, 따라 해볼까요? 닭날개통조림 완두콩콩통조림 아르마딜로통조림 곰발바닥통조림 계란말이통조림 상어지느러미통조림 청새치통조림 쥐며느리통조림 높은산저녁나방통조림 개미알통조림 방울뱀훈제통조림 맹물통조림 은하수통조림 양떼구름통조림 망상통조림…… 당신은 어떤 통조림 앞에서 1초간 머뭇거렸나요? 이름과 상관없이 용도는 당신이 결정해요, 날개가 돋는 기분을 원하세요? 닭날개통조림을 우울한 기분과 버무리세요 5월 자운영 꽃밭을 맨발로 뛰어다니는 기분을 원하세요? 높은산저녁나방통조림에 바람 한 소절을 섞으세요 온갖 소리들이 단 한 사람을 향해 쏟아지던 밤 키스를 재현하려면 은하수통조림을 따세요 그리움이 동그라미인지 사각인지 원통인지 구분할 필요는 없어요 머뭇거리는 당신은 거인에게 초대받고 싶은 일곱 살을 원하는 군요 완두콩콩통조림을, 내가 깜박했어요 곧 출시되는 통조림이 하나 더 있어요 이건 순전히 죽은 자를 위한 통조림 사랑했던 사람들 대신 울어줄 곡비통조림 기가 막히죠 백 년으로 할까요? 천 년으로 할까요? 유통기한은 오직 당신만이……

정전

우리는 마주 앉아있다 너는 나의 암흑 속에, 나는 너의 밝음 속에

조금 전 네가 어떤 표정을 지었다가 놓았는지, 네 두 발이 어디쯤에서 주춤거렸는지, 나는 알고 있다

너는 도무지 모르겠다고 중얼거린다

흑백을 수거해 가는 배후가 너무나 확고해서

나는 눈동자 대신 동공洞空을 가져야 했다 동공洞空 속에는 초침이 고장 난 시계, 사라지지 않는 물안개, 나오지 않는 점괘, 변하지 않는 너의 얼굴, 그리고 떠오르지 않는 이름 같은 것들만 뒹굴고 있어서, 끝내 넌 몰랐으면 했다

캄캄하다고 해서 내가 눈을 감은 건 아니다

지금 네가 왼손에 커피잔을 들고 있다는 거, 잔이 흔들려서 오른손으로 포개어 잡고 있다는 거, 창밖만 바라보고 있다는 거

곧 눈물이 쏟아질 것이다, 문 쪽에서 습윤의 기억이 밀려 들어오고

너는 갑자기 단호해져서 사랑한다고 말할 것이다 두 가지 중에 하나만 선택할 수 있는 스위치처럼

Beethoven No. 60[*]

그가 카페 창가에 앉아 원두를 고른다

선율을 타고 저녁이 천천히 걸어 들어온다
창밖엔 중첩되는 빛과 어둠
휘발되기 직전의 태양의 태도

운명은 거기서 출발했을 거다

단호하게 제거되는 결점두, 풀 냄새와 밀짚 냄새, 볶으면
두 가지 맛이 잠복한다 가루가 되어 섞일 때 탄 맛과 쓴맛
은 서로를 비운다 그을린 리듬과 그을리지 않은 리듬이 만
나 향은 더욱 오묘하다 그가 곡을 구상할 때 첫 모금은, 거
친 알레그로가 다음 모금은, 풋내가 나는 아다지오가 되었
을 거다 하나의 악장이 완성되자 그는 색청色聽^{**}이 되었을
거다 소리들이 소리가 없는 꽃으로 피어나고 노랑촉새 곤줄
박이 말똥가리 개똥지빠귀 동고비들이 음색을 펼치며 날아
다니다, 오선지 위에 내려앉았을 거다 그때, 커피 열매를
물고 새가 느린 속도로 날아갔을 거다

커피나무가 다시 자라고

음악이 열리고

그 마을에선 또 한 사람의 베토벤이 탄생하고……

* 베토벤이 오전에 작품을 쓰면서 손수 원두커피 60알(에스프레소 한 잔을 뽑는 양)을 골라낸 뒤 커피를 추출하였다. 그래서 커피에서 60은 베토벤 넘버라고 불린다.
** 색청色聽: 소리에 색이 보이는 공감각(Coloured hearing) 장애.

우리는 서로 같아서

덧없더라, 선배가 말할 때

포장마차 비닐 막이 희미해서
밖은 보이지 않았고
마치 끝까지 안 가본 것처럼
나는 생각하려 했다

덤덤한 사람처럼
덧났거나 덧내고 싶을 뿐
거기가 아닌 여기에서

누군가 일어나고 누군가 앉는 동안
의자가 자주 균형을 잃고,

흔들렸다

밖의 소음과 안의 매캐한 공기
닭 모래주머니를 앞에 놓고
모이를 헤집으며 어정쩡하게
웃고 잠시 비탄에 잠기고

심중의 잔량이 모두 고갈될 때까지
아침마다 이불을 들추고
침몰한 밤을 수습해야 했던 이야기가

우리는 서로 같아서,

손을 잡았다
적당한 거기까지 산책하기 좋은 밤이 왔다

오버랩

우리가 왜 우물처럼 흔들리는지, 어떤 우리가 달을 끌어
당기는지

뒷면을 보여 주지 않아도 완성되는 달처럼, 뒷면을 보여
주지 않아도 다정해지는 우리가
삭제된 배경 속에서 타인을 연기하고 있네

우리는 어두워질수록 가까워지고, 가까워질수록 절망이
되는 종족, 어느 순간
서로가 서로의 연음이 되었고,

투명한 실루엣을 거둬내면 손끝으로 모여드는 흑점, 우
물이 차오르던 밤
달의 주기를 건널 때마다 내 신발이 젖는 걸 너는 알까?

우물 속 달이 비극 하나를 낳네 이야기 밖으로 사라지는
환시幻視들

모든 가능성

죽음竹陰으로 산책을 가자

심중이 없는 것들과 빗장을 열면 다시 빗장이 걸려있는 것들과 한 방향으로 기울어질 수 없는 몸은 어떻게 수평이 됩니까, 물어보는 것들과 함께

사이와 사이, 그 사이로

잎에 베인 바람의 환부에서 녹綠 냄새가 진동하고 흘러내린 마디마디를 산책로 위에 덧칠하며 나란히 걸을 때 더 이상 자라지 않는 대숲이 우리 이야기라면, 이제 그만 꽃을 피우자

내다 버린 고양이 가죽 깨지고 금 간 사발들 치마 없는 인형 뿌리가 마녀의 손가락처럼 길게 엉켜 있는 곳에서, 숨어 울던 아이가

손을 잡고 환하게 늙도록

목이 길어지는 기분이 펼쳐질 때까지 까치발을 하고 우리, 허공 너머를 오랫동안

존재론적 감각과 자기 재진의 시 쓰기

유성호(문학평론가, 한양대학교 국문과 교수)

1. 실존의 원리를 탐색하는 미학적 궤적

김네잎 시인의 첫 시집 『우리는 남남이 되자고 포옹을 했다』(천년의시작, 2020)는, 복합적이고 활달한 물질적 이형異形들을 한 편 한 편의 시에 장착하면서도 그 안에 서늘하고도 아릿한 마음의 통증과 균열 양상을 함께 실어 보여 주는 미학적 결실이다. 첫 시집에 으레 담기게 마련인 성장 서사나 시인으로서의 자긍심 같은 것을 배면으로 철저하게 가라앉히면서, 시인은 독특한 감각과 사유와 언어가 사물들의 존재 방식을 얼마나 실감 있게 보여 줄 수 있는가를 증언한다. 그렇게 시인은 이성적 분별로는 가닿기 어려운 사물이나 관념의 존재 방식을 감각적 충실성으로 재현하는 데 공을 들이면서도, 들뢰즈식으로 말하면, 인식론적 지각(perception)보다는 몸으로 다가오는 존재론적 감각(sensation)으로써 시간과 공간과 인간의 깊이를 줄곧 형상화한다. 이때 시인에게 '존재론적 감각'이란, 세계와 자아를 연결해 주는 방법적 도구에 그치지 않고, 신체와 우주가 만나면서 필연적으로 파생해 가는 경험적 파동을 선사하는 불가결한 에너지로 작용하고 있다.

또한 김네잎 시인은 폐허 같은 세상을 견디면서 자기 인식과 초월의 방법을 탐색하는 데 오랜 시간과 공력을 바치는 시인이다. 그녀의 작품에 나오는 사물이나 관념들은 일회적 역사성보다는 반복 가능한 보편성을 더 강하게 띠고 있다. 시인은 강력한 구심적 테마로부터 시 세계를 연역하는 것이 아니라 절절하게 찾아오는 삶의 순간들을 귀납하여 자신만의 구체적 형상을 창출해 간다. 그때그때 떠오른 몸의 기억에 충실하면서 존재론적 감각과 삶의 비극성을 파악해가는 원형적 사유를 보여 주는 것이다. 그 세계는 사물이나 관념의 존재 방식에 대한 관찰과 형상화에서 완성되고 있는데, 시인은 오랜 시간에서 솟아오르는 단속적 풍경을 통해 이러한 시적 열정을 남김없이 바치고 있다. 그것은 일차적으로 기억을 선명하게 재현하는 과정으로 나타나지만, 정태적 질서보다는 역동적 혼돈을 택하여 기억의 양상을 배열해 가는 욕망으로 활발하게 진화해 간다. 따라서 일종의 유목적 감각에 의해 다채로운 이미지군群을 활달하게 배치해가는 그녀의 시는 일견 가장 실존적인 목소리로 일견 가장 진중한 묵시黙示적 이미지로 하나하나 전이되어 간다.

이때 그녀의 시는 평범한 고백 시편이나 증언 시편의 범위를 벗어나 실존의 원리를 탐색하는 미학적 궤적과 성취를 가열하게 보여 주게 된다. 우리 시단에서 비교적 만나기 어려운 개성적인 성취가 아닐 수 없을 것이다.

2. 존재 생성과 이미지 창안의 상상력

김네잎 시인은 일상의 반복적이고 회귀적인 형식을 통해 삶의 본질을 투시하고 잡아낸다. 그녀는 자신의 관념을 직접 드러내거나 상황을 직접 토로하는 발화를 지양하면서, 사물이나 현상의 존재 방식과 삶의 본질을 유추하는 작법을 줄곧 지향해 간다. 그럴수록 그녀의 언어는 사물이나 현상의 심층에 가라앉은 어떤 역동적이고 가변적인 원리를 사유할 수 있는 역설의 가능성을 부여받게 된다. 그때 삶의 비의秘義에 도달하려는 그녀만의 시적 표지標識가 섬세하게 각인되면서, 사물이나 현상 속에 있는 소멸과 신생의 원리에 대한 사유가 본격화하는 것이다. 바슐라르(G. Bachelard)는 내면에 있는 존재 생성의 힘을 '상상력'이라고 규정하고, 시가 이성에 호소하는 것이 아니라 상상력에 의존하는 것이라고 갈파한 바 있다. 이때 '상상력'이란 단순한 재현의 힘을 말하는 것이 아니라 새로운 이미지를 창안해 내는 근원적 힘을 뜻한다. 김네잎 시인의 상상력은 이러한 존재 생성의 원리를 역동적으로 끌어오면서 선명한 이미지들을 창

안해내는 탁월한 역량을 보여 준다. 다음 작품을 한번 읽
어보자.

> 몸과 몸은 간극이 필요하다
> 잠시 부둥켜안는 건
> 서로의 가장 깊은 호흡을 가늠해 보는 겨를
> 공격과 방어의 격돌에는 공시성을 갖는다
> 링의 로프를 등지고
> 이곳은 난간과 난간이 만나는 지점
> 은신처가 될 수 없는 벼랑
> 쏟아지는 잽, 잽, 잽
> 달아나는 스텝, 스텝, 스텝
> 주먹을 펴도 주먹인데 코치는
> 날린 주먹을 되돌아오게 하려면 손의 힘을 빼라고 한다
> 울지 못해서 멈추지 않았다
> 멈추지 못해서 주먹을 쥐고 달아났다
> 달아나는 반경까지 왜 하필 점점 좁아졌던 걸까
> 사각死角 밖으로 벗어나 본 적 없다는 말을 너무 빨리
이해한다
> 3분만 반복해서 버티면 된다
> 부러지지 않게 파열되지 않게
> 정면이 계속 나를 고집하니
> 훅, 치고 빠지면서 살짝 틈을 보여 준다
> 틈을 안고 자라난 것들은
> 대개 굳은살이 박여서

허기의 무게를 견디는 법을 잘 안다

어퍼컷, 나비처럼 날아서

벌처럼 쏘려던 계획이 전부 빗나간다

턱을 못 넘고 언제나 턱 앞에서 고꾸라졌으니

잠깐의 클린치는

서로의 가장 거친 호흡을 가늠하는 순간이다

피범벅이 된 마우스피스가 굴러간다

나를 위해 던져질 수건조차 없으니

쓰러진 채 씩, 웃는다

—「복서」 전문

클린칭clinching의 순간이 서로의 가장 깊은 호흡을 느끼게끔 해주는 때가 있지만, 복서들끼리 몸의 간극을 유지하는 것은 절대적으로 필요하다. 수많은 공방攻防의 과정에서 링의 로프를 등질 때, 그곳은 난간과 난간이 만나는 지점이어서, 복서들로서는 링 위에서 은신처가 아닌 벼랑에 놓여 있는 셈이기 때문이다. 말하자면 복서는 도피나 은신이 불가능한, 모두의 시선에 노출된 벼랑 위의 존재로 비유되고 있다. 끊임없이 쏟아지고 달아나는 몸의 움직임 속에서 복서는 울지 못해 멈추지 않고 멈추지 못해 주먹을 쥔 채 달아난다. 그러나 그곳은 사각(四角/死角)의 링, 3분마다 반복해서 버텨야 하는 공간일 뿐이다. 펀치의 계획은 무산되고 허기의 무게만 견뎌야 할 때 "잠깐의 클린치"가 서로의 가장 거친 호흡을 가능하게 해주지만 결국 복서는 쓰러져 간다.

여기서 "피범벅이 된 마우스피스"나 "나를 위해 던져질 수건" 같은 복싱의 소도구들이 복서의 존재 방식을 잘 말해준다. 이를테면 '복서'는 3분이라는 반복의 시간, 사각의 링이라는 은신할 수 없는 공간, 수많은 시선만 보낼 뿐 수건조차 던져주지 못하는 인간의 삼엄한 배경에서 끝없이 달아나고 견디고 버티다가 결국에는 쓰러져 가는 존재자를 상징한다. 그러한 시간, 공간, 인간의 3중고는 "너무 치명적인 반복"(「백색왜성」)이어서 복서는 "이 지루한 밀착 속"(「그레코로만형」)에서 "무대에 오르거나 망각될 잉여"(「마리오네트」)로 살아가는 것이다. 어쩌면 복서 스스로 "객석에 앉아 내가 보고 있는 건/ 어쩌면 내 발끝"(「블랙 스완」)이라는 사실을 알아가는 것일지도 모른다. 이처럼 김네잎 시인의 시선은 다양한 현대인의 내면을 투시하면서 그것을 불가피한 실존적 조건으로 발견해 가고 있다. 어둑하고 아릿하지만 존재 생성과 이미지 창안의 과정이 밀도 있게 다가오는 순간이 아닐 수 없겠다. 다음에는 '복싱boxing'을 지나 '텀블링tumbling'이다.

나는 우아하게 착지하려고 했어

맨손으로 공중을 짚을 때
오늘은 얼마나 높이 도약해야 다다를 수 있는 고도인지
얼마큼 무릎을 접어야 더 오래 떨어질 수 있는 밑바닥인지

곳곳에 당신의 편린들이 있어서 의심하지 않았어

당신이 은밀한 손으로 등을 받쳐줄 때
은밀하지 않은 목소리로 충고할 때
등에 통각이 돋아나는 느낌

공중회전에서 당신은 한 바퀴를 원했고
나는 두 바퀴를 고집했지

당신은 자꾸 날아가는 새를 만지려고 했어
언제나 내 몸을 반경 속으로 집어넣으려고만 했지

그럴 때마다 새의 젖은 울음소리가 빠져나오곤 했는데
흩어지지 않으려면 도대체 몇 호흡을 멈춰야 할까

완벽하게 착지하려면 얼마나 더 여백을 견뎌야 할까

발에도 슬픈 목이 존재하는 줄 모르고
　　　　　　　　　　　　　　—「텀블링tumbling」 전문

　'텀블링'은 두 손으로 땅을 짚고 공중으로 솟구쳐 몸을 넘기는 동작을 말한다. 텀블링을 통해 맨손으로 도약하여 우아하게 착지하려고 했지만, '나'는 자신에게 주어진 "높이 도약해야 다다를 수 있는 고도"와 "무릎을 접어야 더 오래 떨어질 수 있는 밑바닥"을 고민하고 사유해야 했다. 오히려 곳곳에서 '당신'의 은밀한 손과 은밀하지 않은 목소리 때문에 "등에 통각이 돋아나는 느낌"만 받는다. 공중회전에서 '당신'

과 '나'의 의견이 엇갈렸고 그때 '당신'은 날아가는 새를 만지려고 하면서 '나'를 자신의 반경 속으로 집어넣으려고 했다. "새의 젖은 울음소리"가 흘러나올 때, 텀블러tumbler는 완벽한 착지를 위해 몇 번 호흡을 멈추고 더욱 여백을 견디면서 발에도 슬픈 목이 존재하는 줄 모른 채 바닥과 공중을 오간다. 이때 텀블링의 "아주 은밀한 비법"(「통조림공장」)은, 마치 '사각의 링'처럼, 텀블러의 "맨발을 기억하던 입자들"(「사구─신두리」)이 가득한 바닥과 공중에서 시인의 존재론적 자각을 비극적으로 만들어갈 뿐이다.

이처럼 김네잎 시인은 순수한 감각적 구성물로서 인간 내면의 존재 방식에 대한 빼어난 은유를 시도하고 있다. 물론 이러한 존재론적 감각은 전통적 의미에서의 이론(Theoria)에 반대되는 실천(Praxis)으로서의 수행적 효과를 충실하게 거느린다. 비록 추상도가 높아지기는 했지만, 실천적 추상은 새롭고 낯선 요소들이 화폭에 나타나 감상자의 눈 속으로 직접 스며들어 가는 그 무엇으로 실현되곤 한다. 그녀는 경험적이고 사실적인 삽화가 아니라 상상적 질서에 따라 감각과 사유가 재배열된 결과를 '복서'와 '텀블러'의 삶으로 구성해 간 것이다. 그러한 구성에는 움직임이라는 이미지가 먼저 나타나고 거기에 그에 대한 순간적이고 상상적인 명명 과정이 파생적으로 따라온다. 그리고 그러한 명명의 질서는 실제적인 사물에서만 비롯하는 것이 아니라 일종의 환幻이 사물과 결속하는 순간에 역동적으로 이루어지기도 한다. 이때 '환'의 순간적 움직임과 "차오르던 감정들"(「고이 꾸온」)의 환유적 병치가 어쩌면 실제적인 사물이나 현실보다 훨씬 더 현실적인 것을 환기하게 되는 것이다. 존재 생성과 이미지 창안의 상상력을 바탕으로 하는 김네잎 시학의 묘미이자 아름다움이다.

3. 세계의 외곽을 바라보는 타자 지향의 감각

다음으로 김네잎 시인은 우리의 존재를 구성하는 안과 밖의 균형에 대해 깊이 사유해 간다. 실존적 고통과 그것을 견디고 치유하는 에너지를 통해 그녀는 주변으로 내몰린 타자들에 대한 가없는 관심과 사랑을 보여 준다. 내면과 사물을 육친적 교감에 가까운 친화력으로 결속하면서 우리에게 삶의 진정성에 대해 눈뜨게 하는 인지적 충격의 세계를 건네는 것이다. 더불어 시인은 타자들의 삶을 규율하는 사회적 분위기를 암시적으로 재현해 보려는 욕망도 종종 비치고 있는데, 이를테면 블랑쇼(M. Blanchot)의 말처럼, "세계의 외곽에서 그리고 마치 시간의 종말에서인 것처럼 스스로를 위치시키기 위하여 현재의 장소와 시점을 초월하는" 시적 특권을 끊임없이 발화하고 있다. 이 점, 김네잎 시의 품격을 암시해 주는 유력한 실례일 것이다.

초점 없는 것이 떠돌고 있다

네가 무심코 남기고 간 비난의 한 구절인 양

수인선 기차가 막 떠난 대합실에 갓난애가 분실물처럼
남았다

고치 안, 죽은 누에처럼 발견되고 싶진 않아서

캄캄한 담요에 싸여 있던 울음이 풀어졌다

그 아기 단단하게 자라 불온한 시간을 증명하기까지

얼마나 많은 기차가 오고 갔을까

식구는 없고 식솔만 넘쳐나는 고아원에서

나는 편리하고 간편한 매뉴얼을 부여받았다

(희망영아원, 은혜보육원, 새빛맹아학교, 사랑재활센
터, 빛고을장례식장)

미래가 한꺼번에 예견된다는 것은 얼마나 비참한 예감인가

죽을 때까지 그 어떤 것은 내 안을 떠돌 것이다

내게 왔던 최초의 공포와 두려움, 그리고 연민으로 가
득 찬 눈동자들

사소한 이물감과 스무 해 동안 따라다닌 징후를 절대 들
　키긴 싫었는데

　　　　　　　　　　　　　　　　　　―「비문증」 전문

　'비문증飛蚊症'이란 밝은 곳을 볼 때 시야에 작은 점 같은
것이 나타나 마치 눈앞에 모기가 날아다니는 것처럼 느껴지
는 증상을 말한다. 가령 초점 없는 것이 떠도는 것인데, 시
인의 눈에 아른거리는 착시 현상은 단순한 물리적인 것이
아니라 "네가 무심코 남기고 간 비난의 한 구절인 양" 탕진
되지 않고 다가오는 어떤 기억에서 발원하는 것이다. 수인
선 역 대합실에 분실물처럼 남겨진 갓난애의 울음이 떠오르
고, 그 아기가 자라 불온한 시간을 증명하는 세월이 다가오
고, 아마도 그 아기는 영아원, 보육원, 학교, 재활센터, 장
례식장 같은 매뉴얼 속의 한 공간으로 자신의 생애를 밀어
넣었으리라. 한꺼번에 다가오는 "비참한 예감" 속에서 시인
은 죽을 때까지 자신의 안을 떠돌 "최초의 공포와 두려움,
그리고 연민으로 가득 찬 눈동자들"이 지금도 사소한 이물
감으로 비문증처럼 아른거리는 것을 고백하는 것이다. 이
러한 징후는 육체적으로는 "가벼워진 나의 착란"(「맹목」)이기
도 하겠지만, 좀 더 눈길을 넓히면 "음계를 벗어난 음정과
엇갈린 박자들이 쓸려 와 앓는 곳"(「착란」)에서 "대낮에 더 서
럽던 고아들"(「이소離巢」)의 이야기를 들려주는 우리 시대의
외곽 보고서이기도 할 것이다. 다음은 어떠한가.

더 싼 월세를 찾아 비린 골목에 구멍을 냈다 우글거리
는 어둠과 불면이 들러붙은 천장, 창이 높아서 두 귀가 턱
을 괴고 흔들린다 별들이 흘러가는 소리를 이해하기 위해,
창 아래 꽃들이 내뿜는 한숨을 모른 척하기 위해 감염된
생각들을 되새긴다 달빛 몇 줄기가 반지하 창틈으로 미끄
러지려고 안간힘을 쓴다 빈방에 대한 예의로 노크할 필요
는 절대 없다 싱싱한 달빛을 물고 고양이가 담장 위로 달아
나는 것을 본다

　흘러가고 싶은데 3.5평엔 욕조가 없다 샤워기를 튼다 국
지성 우울이 쏟아진다 골목이 볼륨을 높인다 젖은 소리가
주파수 안으로 뛰어든다 오늘의 출연자는 '고래사냥'을 끝
내고 '킬리만자로의 표범'을 부르면서 지나간다 동해 바다는
너무나 낡았고 표범의 이빨 사이엔 궁핍만 잔뜩 끼어있다
한 번도 만나본 적 없는 하이에나, 사내는 나였다가 그였다
가 표범이었다가 헤어진 소문이었다가, 바람처럼 왔다가 이
슬처럼 사라지는 절망이 되고 만다 그에겐 어둠이 너무나
쉽다 패배들이 자꾸 발목을 잡아끌고 가까이 갈수록 집은
잡음이 된다 방이든 직장이든 지속성이 필요한데, 이 세계
에서 허락된 방식은 끝내 한 달이다 유행가가 휘어진 골목
의 끝을 향해 터덕터덕 걸어간다

　나와 사내를 위한 극적인 엔딩이 필요한데 오늘도 가등
은 퍽하고 꺼지지 않는다 저 불빛마저 없었다면 암흑이 될
수 있었을 텐데, 비극이 여러 번 다녀가도 이곳의 법칙에 따
라 골목은 비극을 저장하지 않는다

—「골목의 안쪽」 전문

시인이 투시하고 있는 공간은 골목 '안쪽'이다. 골목 '바깥쪽'은 구별이 어려운 비슷한 외관을 가졌지만 안쪽으로 들어서면 더 많은 것을 볼 수 있기 때문일 것이다. 그곳은 "더 싼 월세"와 "비린 골목"과 "어둠과 불면" 그리고 "반지하 창틈"으로 요약되는 도시의 외곽이다. 이러한 묘사는 시인으로 하여금 "별들이 흘러가는 소리"와 "꽃들이 내뿜는 한숨"이 섞인 묘한 음音들을 듣게끔 해준다. "3.5평"이라는 실물적 감각 속에서 "국지성 우울"과 함께 낡고 궁핍한 노래들이 "바람처럼 왔다가 이슬처럼 사라지는 절망"으로 다가온다. 그렇게 어둠과 패배와 잠음으로 "이 세계에서 허락된 방식은 끝내 한 달"일 뿐이다. 가등의 불빛이 간신히 암흑을 막아주는 순간, 비극이 여러 번 다녀가도 골목은 비극을 저장하지 않은 채 그렇게 흐릿하고 눅눅하게 조금씩 움직이고 있을 뿐이다. 이렇게 시인이 사실적으로 재구해 가는 골목의 '안쪽'은, 마치 영화 「기생충」의 주인공들이 사는 공간처럼, 우리 시대의 "언제나 어두운데 고통만은 환하게"(「그레코로만형」) 보이는 곳으로 드러난다. 시인의 언어가 가 닿는 것은 이처럼 시인의 시선과 필치가 "가까워질수록 절망이 되는 종족"(「오버랩」)들의 이야기이고, "바닥난 감정이 다시 차오르는 소리"(「못갖춘마디」)일 것이다. 이 모든 것이 어두운 이미지를 통해 시인이 우리에게 보여 주는 생의 내시경이자 "모든 빛을 흡수하는 검정처럼"(「주문을 잊은 음식점」) 우리 주위에 편재하는 묵시록일 터이다.

일찍이 마르틴 부버Martin Buber는 인간의 근원적 관계론을 '나-너'(Ich-Du)와 '나-그것'(Ich-Es)으로 설명한 적이 있다. '나-너'의 관계가 존재 전체를 바쳐서만 도달할 수 있다고 말한 부버는, '나'라는 것이 타자와의 관계에서만 존재 가능함을 설명하였다. 김네잎의 시는 '나-너'로 결속해 가는 과정을 아름답게 보여 준다. 그래서 우리는 이러한 시인의 시학을 떠받들고 있는 축이 '나-너'가 이루는 상호 소통과 연관성의 세계라고 말할 수 있다. 그러한 묘사는 뜨거운 내면의 힘을 통해 타자를 향한 신비로운 관심을 확인해 주는 공간적 은유가 되게 해준다. 이처럼 김네잎 시인의 관찰과 상상과 묘사 안에서 모든 사물이나 배경은 상호 연관성과 거리감을 동시에 가지면서 서로 어울리기도 하고 제각기 고독하게 존재하기도 한다. 그녀가 보여 준 일련의 타자 지향 시편은 사물들의 이러한 존재 방식 곧 모든 것이 어둠으로 엮여 있다는 발견과 함께 그러한 과정이 결국 서정시의 예외적이고 역설적인 역할임을 선명하게 보여 준다. 세계의 외곽을 실물감 있게 바라보려는 타자 지향의 감각이 그러한 순간을 창출하고 있는 것이다.

4. '시 쓰기'의 깊은 자의식을 통한 자기 갱신의 의지

김네잎 시인은 '문장' 혹은 '시詩'에 대하여 깊이 있게 탐색하는 모습을 통해 '시 쓰기'의 자의식을 잔잔하게 들려주고 있다. 그 점에서 그녀는 '언어' 자체를 궁구하고 실천하는 언어예술의 사제司祭라고 말할 수 있다. 감각과 실재를 매개하는 것이 '언어'이고 그것을 감각적 구성의 극단에서 완성하는 것이 '시'이니 만큼, 그녀에게 시는 존재론적 감각과 언어에 대한 친화력을 동시에 가지게끔 해준다. 이번 시집에서 김네잎 시인은 시의 이러한 속성을 충실하게 예증하면서 그러한 시적 기율과 지표를 탐색한 결실을 보여 주는 '시에 관한 시' 곧 메타시편을 집중적으로 쓰고 있다. 사물에 빗대어 자신의 경험을 성급하게 노출하고자 하는 욕망을 경계하면서, 그 대신에 사물과 자신을 유추적으로 연관 지으면서 그러한 경험들을 '시적인 것'으로 변형해 가고 있다. 그러한 과정으로 완성된 문맥으로부터 김네잎 시인은 자신이 살아왔고 또 살아가야 할 삶의 지표들을 '시 쓰기'를 통해 성찰하는 방법론을 적극 취해 가고 있는 것이다.

적막이 월면月面을 걷듯, 손가락이 미끄러진다
글자로부터 멀어진다
불을 끄고 창문을 닫자
사물들이 묵언으로 말을 걸어오기 시작한다
식탁은 식탁대로
의자는 의자대로
할 말이 많다
소파는 소파대로
액자는 액자대로
생각이 조금 더 깊어졌다

잘 듣기 위해 커튼까지 친다
식물들은 제각각 다른 주파수를 가지고 감지한다
달빛이 언제 황홀한지
빗방울이 어떻게 먼저 말을 거는지
나비가 왜 10층까지 올라오지 못하는지

나는 나의 말을 나의 말이 아닌 것처럼 기록해야 한다,
완벽하게

귀 없는 먹먹한 것들
입 없이 웅얼거리는 것들
버리고 삭제하고 잊는다
어떤 식물은 칠흑 속에서도 꽃을 피운다
향기의 출처마저 얼른 지운다
　　　　　　　　　　—「고스트 라이터Ghost Writer」전문

　'고스트 라이터'는 '유령 작가'라고 번역될 수도 있고 붙여
쓰면 '대필代筆 작가(ghostwriter)'를 뜻하기도 한다. 이 작품
에서는 양가적 존재 의미를 두루 함축하고 있다고 할 수 있
다. 고스트 라이터의 손가락은 적막이 달 표면을 걷듯 미끄
러지지만 그것은 '글자'로부터 멀어지는 순간이기도 하다.
어둠이 오면 사물들은 제 목소리를 얻어 비로소 묵언으로
수런거리기 시작하는데, 식탁이건 의자건 소파건 액자건
방 안의 모든 소도구들이 말과 생각의 키를 늘여 가고 있을
때, 고스트 라이터는 커튼을 치고 그네들의 말에 더 깊이 귀

기울여보지만 자신은 완벽하게 "나의 말을 나의 말이 아닌 것처럼 기록해야" 하는 소임을 맡고 있을 뿐임을 발견한다. 오히려 식물들만이 저마다의 주파수를 가지고 달빛의 황홀과 빗방울의 말과 나비의 비상을 알아챌 수 있을 뿐이다. 그리고 식물은 칠흑 속에서도 꽃을 피우며 자신이 내뿜는 향기의 출처마저 지워버리지만, 고스트 라이터는 "귀 없는 먹먹한 것들"이나 "입 없이 웅얼거리는 것들"을 삭제하면서 잊어버릴 뿐이다. '적막'과 '묵언'과 '버리고 삭제하고 잊어버리는' 과정의 연쇄 속에서 스스로를 발견하고 또 스스로를 지워가는 것이다. 그런데 이러한 모습은 '시인'의 운명을 고스란히 닮았다. 그토록 위대하면서 초라하고, 기억하면서 잊어버리고, 묵언으로 수런거리는 '시인'의 위상을 김네잎은 산뜻하고 의미심장하게 부조浮彫해 준 것이다. 시인이란 "최초의 자세로/ 하얗게 묵음默音으로, 우두커니"(「백색왜성」) 사물에 다가서면서 "보는 것보다 보여 주는 것"(「떨어지는 자세」)이 더 풍부하다는 사실을 발견하는 존재이다. 그때 비로소 '시인'은 "귀를 열지 않고도/ 유리 너머 이야기를 들을 수"(「물고기의 시간」) 있게 될 것이다.

　　숲을 전개해 나간다

　　바람의 빽빽한 오해 속에서
　　우리는 오늘 연한 녹색이고 싶어

서로에게 묶인 연리지를 풀고
각자의 이몽異夢을 탕진하며

갈림길에서 당신은 산란한 알을 쥐어주듯
예감 하나를 건네주는데

나는 일부러 못 들은 척
뜻은 날려 보내고 소리만 품는다

왼발 오른발 경쾌한 리듬 속에
수많은 우리들이 증발하고

너무나 가벼워 날개가 빠져나올 것 같다
요정의 기분이란 이런 걸까

다리를 휘감는 화사에도 놀라지 않고
검붉은 산딸기가 은밀하게 농담해도 유쾌해진다

왼발 오른발 목적지에 다다른다
품었던 소리를 확인하는데

깨져 있다, 흘러내리는 건
곪아터진 거짓말이 아니라 내 자신

숲이 완성된다

　　　　　　　　　　　　　　　—「거짓말, 혹은」 전문

숲을 전개해 나가고 완성해 가는 과정은 그대로 '시 쓰기' 과정의 은유로 채택된 것이다. 수많은 '오해'와 '이몽異夢'과 '예감' 속에서 연한 녹색의 숲이 되고 싶은 욕망을 가진 '나'는 "뜻은 날려 보내고 소리만 품는" 모습을 보여 준다. 대체로 언어가 '뜻'과 '소리'의 자의적 결합이라는 점을 생각한다면, 소리만 선택한 시인의 '시 쓰기'는 마치 "왼발 오른발 경쾌한 리듬 속에" 자신의 언어를 놓는 일과 같아진다. 요정처럼 가벼운 느낌으로 목적지에 다다른 후, 시인은 자신이 품었던 소리를 확인하지만 그것은 거짓말처럼 혹은 "내 자신"처럼 깨져 흘러내려 버렸다. 시 쓰기의 어려움과 덧없음을 통해 거짓말처럼 "깨끗하게 아물지 못한"(「백색왜성」) 시간을 추스를 수 있는 유일한 방법으로서의 시의 의미를 중층적으로 탐구하고 있다. 이처럼 김네잎 시인은 "문이 열린 조롱 밖으로/ 새가 한 마리씩 빠져나가는 느낌"(「주문을 잊은 음식점」)으로 '시'에 대한 무의식적인 애착을 보인다. 이제 그녀에게 시 쓰기란 "나를 지우고 당신을 하나 더 만든다는 것"(「원탁」)이고, "출렁이는 것과 흔들리는 것을 구별할 줄 아는 감각"(「유령선」)으로 사물의 본질에 가닿는 불가피한 운동인 셈이다.

원래 모든 시 쓰기는 지나온 한순간을 감각적으로 재생시키는 과정에서 시작되는 것이겠지만 그러한 원리는 시인 자신의 실존을 힘겹고도 아름답게 지탱해 가는 심연이자 원형으로 각인된다. 그래서 그것은 살아온 날들에 대한 회상을 담는 데 그치지 않고, 앞으로 살아갈 날들의 존재론적 지남指南이 되기도 한다. 시인은 자아와 대상, 죽음과 삶, 시와 사랑, 생성과 소멸의 경계를 통합하면서, 자신의 시학을 한 차원 높게 완성해 가려고 하는 존재이다. 그 핵심에 대상을 안아들이고 스스로의 삶을 완성하려는 애착의 힘이 숨 쉬고 있는 것이다. 김네잎 시인은 육체로 남은 기록으로서의 '시'를 이렇게 상상하면서, 사물들과 동화되어 한 몸이 되어버리거나 거기에 몰입하는 대신, 대체로 그것들과 일정한 미적 거리를 유지하면서 자신의 실존적 상황으로 재귀再歸하는 과정을 섬세하게 보여 준다. '시 쓰기'의 깊은 자의식을 통한 자기 갱신의 의지를 한결같이 보여 준 것이다.

5. 보편적 삶의 형식에 가닿는 방법론이자 범례

결국 김네잎은 언어와 삶의 비대칭성을 바탕으로 삼으면서 '시인'으로서의 운명을 수납하고 그것을 오래된 자신의 기억과 접속시켜 가는 시인이다. '시'라는 오래된 장르가 수행해 온 작법과 기율을 존중하면서, 현실적 시간에서 벗어나 자신이 고유하게 경험한 시간으로 귀환하려는 의지를 한결같이 보여 준다. 물론 시인의 기억은 일상을 규율하고 관장하는 합리적 운동 형식이 아니라, 고고학자의 시선처럼 현재에 남아있는 시간의 흔적을 발견하고 그때의 순간성을 정서적으로 구성해 내는 어떤 힘을 뜻한다. 김네잎은 지나온 시간을 단순화하는 개인적 기억으로서의 퇴행(regression)

과는 전혀 다른, 어떤 원형적 기억과 매개하는 상상력에 의해 자신의 시를 개진해 가는 의미 충전의 결속력을 보여 준다. 이는 기억의 나르시스적 성격을 뛰어넘어 보편적 삶의 형식에 가닿으려는 그녀만의 현저한 방법론이자 우리 시단의 첨예한 범례範例로 남을 것이다.

숲은 굴리기 좋게 뭉쳐져 있었지
다른 방향을 향해 굴려도 숲은 숲
굵은 굴참나무와 여린 떡갈나무 사이로 지나간 바람은
혼자서 걷고 있는 오늘의 날씨를 뭐라고 할까
언젠가부터 내 무릎에서는 동록銅綠 냄새가 나고
외다리로 간헐적으로 두드린 점들이
마침표가 아니라 쉼표라고 애써 위로한다
지난 계절이 뱉어낸 기척들이 쌓인
산책로를 따라 나는 쇠똥구리처럼
숲을 밀면서 안으로 들어간다

초록은 언제쯤 낯설어질까
나무가 나무를 안고 새를 재우는 시간
골짜기는 얌전한 안개를 기르고
어린 짐승의 가르랑 가르랑 소리는 커지고
이 숲을 다 지나가면
수많은 사람이 되거나 희박한 우리가 될 텐데

사람이 앵무새를 흉내 내도 숲은 숲

나 놀라고 나무가 화들짝 흔들려도

새가 숲 밖으로 튕겨져 나갔다 돌아와도

무릎 아래 허공은 놀라지 않으니 숲의 법령은 시詩다

나는 문득 고개를 꺾어 밑둥치 근처에서

직립하는 문장들을 본다

솎아낼 필요 없는 날이미지 속에서

나는 미련 없이 생생한 통점을 버린다

—「숲은 숲」 전문

다시 '숲'이다. '숲'은 굴리기 좋게 뭉쳐져 있어 다른 방향을 향해 굴려도 '숲은 숲'이다. 지난 계절이 뱉어낸 기척들이 쌓인 숲길을 걸어 숲을 혼자 밀면서 들어가는 '나'에게 "나무가 나무를 안고 새를 재우는 시간"은 '시인 김네잎'의 존재론을 살갑게 보여 준다. 이 숲을 다 지나도 '숲은 숲'이어서 시인은 "숲의 법령은 시詩"라는 사실을 궁극적 공리公理로 받아들이게 된다. 그 순간 "직립하는 문장들"이야말로 "솎아낼 필요 없는 날이미지"를 가진 채 "생생한 통점"을 버리고 시인으로 거듭나게끔 해주는 언어적 촉매제가 된다. 무수한 시간의 "사이와 사이, 그 사이"(「모든 가능성」)로 번져오는 '숲'이라는 조건 속에서 때로 "날아오르려는 아기 새의 발목"(「필라멘트」)처럼, 때로 "들키고 싶은 무수한 순간들"(「뫼비우스 증후군」)처럼 다가오는 시인의 존재론이 핍진하게 전해져 온다. 그렇게 자신의 내면 심부深部에 있는 예술적 욕망을 노래한 김네잎 시인은 가령 소멸해 가는 세상의 리듬에

대한 복원 의지와 함께, 미학적 함량을 넉넉하게 견지하고
있는 시에 대한 탐색으로 나아간다. 그것은, 말할 것도 없
이, 보편적 삶의 형식에 가닿는 방법론으로 발원하여 시인
이 궁극적으로 추구해 가는 예술적 지표이자 궁극의 가치로
진화해 갈 것이다. 그럼으로써 시인은 사물 속에서 시인으
로서의 운명을 발견하는 존재로 천천히 몸을 바꾸어간다.

　최근 극히 옹색해진 시단의 스펙트럼에도 불구하고 서정
시의 감동이란 여전히 우리가 비평적으로 요청해야 할 호
환할 수 없는 몫이 아닐 수 없다. 물론 감동이란 감동할 수
있는 능력의 문제로 귀결되는 어떤 것일 터이다. 명화란 나
에게 감동을 주는 그림이고, 감상鑑賞이란 내가 주체가 되
어 느끼는 능동적 활동이 아니던가. 김네잎의 서정시는 삶
의 다양한 경험과 충동에 정서적 균형을 부여하고, 인간의
삶을 보다 높은 존재의 차원으로 끌어올리고자 하는 초월
의 힘을 발휘하면서 서늘하고도 따뜻한 감동에 따른 순수한
삶의 순간적 회복을 허락해 주는 세계이다. 그 섬광의 순간
이 그녀의 시가 자신만의 존재론적 현현을 수행하는 시간이
되어주는 것은 아닐까 생각해 본다. 우리가 정성 들여 읽
어 온 것처럼, 우리는 첫 시집의 세계를 이토록 진중하고도
풍부한 존재론적 감각과 자기 재진의 시 쓰기로 완성한 시
인의 출발을 신뢰와 가능성으로 꾸준히 지켜보고자 한다.
그래서 우리는 이번 시집이 '시인 김네잎'을 우리 시단에 탄
생시키는 순간이 되고도 남지 않을까 생각해 보는 것이다.